Der Oberhexenbesen

und andere Vorlesegeschichten

MIX
Papier aus verantwortungsvollen Quellen
FSC® C002795
www.fsc.org

Originalausgabe

Cover und Serienbilder: Akkord Film Produktion GmbH, Berlin
Umschlag-, Innengestaltung und Satz: Thomas Krämer
Gesetzt aus der Chaparral Pro
Druck und Einband: Livonia Print, Riga

Unter Verwendung der Bilder aus der Fernsehproduktion »Petronella Apfelmus – Die Serie«
Seriendesign © by Akkord Film Produktion GmbH nach den Büchern von Sabine Städing,
illustriert von SaBine Büchner
Eine Akkord Film Produktion in Koproduktion mit SERU und ZDF

Printed in Latvia
ISBN 978-3-414-82589-6

5 4 3 2 1

Sie finden uns im Internet unter www.luebbe.de

Petronella Apfelmus®

Der Oberhexenbesen

und andere Vorlesegeschichten

Nacherzählt von Diana Steinbrede
Nach den Drehbüchern von
Claudio Winter, John Chambers und Paul Schwarz
Basierend auf der Buchreihe »Petronella Apfelmus« von Sabine Städing
(Illustrationen SaBine Büchner)

Boje

Inhalt

Der Oberhexenbesen

Die Zwillinge sitzen in ihrem Kinderzimmer im Müllerhaus. Lea liest ein Buch, und Luis wirft gelangweilt seinen Fußball in die Luft, als plötzlich ein lauter Knall aus dem Garten zu hören ist.

„Was war das?!", ruft Luis. „Sind vielleicht Petronellas Knallfrösche ausgebrochen?"

„Oder ihre schmetternden Schmetterlinge?", überlegt Lea. Bestimmt gibt es bei ihrer Freundin, der Apfelhexe, wieder etwas Spannendes zu entdecken. Froh über die Ablenkung stürmen die beiden also durch die Zimmertür – und stoßen fast mit ihrem Vater, Bäckermeister Kuchenbrand, zusammen.

„Wer hat Lust auf Kekse backen?", fragt der vergnügt, doch seine Kinder sind schon weg.

„Keine Zeit!", rufen sie noch, bevor sie sich auf den Weg zu ihrer Hexenfreundin machen. Kaum haben sie das Gartentörchen passiert, ziehen sie eilig die kleine Dose mit den magischen Apfelkernen hervor. Die hat ihnen Petronella gegeben – damit sie jederzeit ihre Größe verändern können. Einmal kleingezaubert, sind Lea und Luis dann genau auf Augenhöhe mit der Apfelhexe und all ihren anderen Freunden im Garten.

Schnell geht es weiter zur Apfelbaumwiese. Dort stolpern die Zwillinge fast über Gurkenhut, der mit einem Fernglas angestrengt in den Himmel starrt.

Kurz darauf kommt ein seltener Gast angeflogen: die immer etwas grimmige Hexe Pestilla!

Und es ist ausgerechnet der Besen der Oberhexe, der die merkwürdigen Knallgeräusche ausstößt. Er ruckelt und zuckelt im Flug und macht bei jedem Knall einen Satz nach vorne.

„125 Jahre fliegt er wie eine Eins!“, schimpft Pestilla, nachdem sie gelandet ist. „Und kaum ist die Garantie abgelaufen, kommt so was!“

Nun saust auch Apfelhexe Petronella heran, landet und schüttelt den Kopf. „Sehr komisch. Er hat anscheinend wirklich einen Knall.“

Wie zur Bestätigung gibt Pestillas Besen erneut ein lautes Geräusch von sich.

„Was ist denn mit Ihrem Besen los?“, fragt Luis und mustert das Fluggefährt der Oberhexe interessiert. Es ist ein

Stück länger als Petronellas Besen, und die Borstenhalterung ist mit Gold überzogen. Edel sieht er aus – wie ein echter Oberhexenbesen. Doch als Luis die Hand danach ausstreckt, zieht Pestilla den Besen blitzschnell an sich.

„Menschenfinger weg! Sebastian geht es so schon schlecht genug!"

Petronella versucht, die Oberhexe zu beruhigen. „Meine liebe Pestilla, ich schlage vor, dass Gurkenhut sich die Sache mal anschaut. Er weiß bestimmt, was zu tun ist."

Nachdem Pestilla ihren Besen etwas widerstrebend weitergegeben hat, wiegt der Chef der Apfelmännchen das gute Stück fachmännisch in den Händen. „Hmhmhm ... Jajaja ... Keine Sorge, das ist im Astumdrehen repariert."

„Wunderbar, Gurkenhütchen!" Petronella klatscht entzückt in die Hände und wendet sich an Pestilla. „Komm doch einfach in einer Stunde wieder, um ihn abzuholen."

„Kriegt ihr das auch wirklich hin?", fragt die Oberhexe misstrauisch.

„Wir Apfelmännchen sind Experten für aeronautische Kehrgeräte aller Art!", verkündet Gurkenhut im Brustton der Überzeugung. Doch Pestilla wirkt immer noch skeptisch.

„Ich leih dir so lange meinen Besen“, schlägt Petronella vor. „Wir geben gut auf deinen Sebastian acht. Du kannst dich auf uns verlassen. Krötenschwur!“

Nun scheint Pestilla beruhigt und schüttelt Petronellas ausgestreckte Hand.

Dann steigt sie auf den etwas krummen Besen der Apfelhexe, aber nicht, ohne einen letzten mahnenden Blick auf Luis und Lea zu werfen. „Und *ihr* lasst die Finger von ihm!“ Mit diesen Worten düst sie davon.

„Und ihr lasst die Finger von ihm!“, äfft Luis sie genervt nach.

Petronella lächelt ihn beschwichtigend an. „Macht euch nichts draus. Sie hängt einfach *sehr* an ihrem Besen.“

Interessiert sehen die Freunde zu, wie Gurkenhut seinen Werkzeugkasten herbeiholt und etwas Holzpflegeöl auf dem Besen verstreicht. Danach zupft er die Borsten zurecht, biegt den Stiel hier ein bisschen nach oben, dort ein bisschen nach unten und löst genau drei Borsten heraus.

„Fertig!", ruft er schließlich.

Lea, Luis und Petronella schauen ihn sprachlos an.

„Hab ich doch gesagt: Im Astumdrehen!", sagt Gurkenhut stolz.

„Umso besser!", lacht Petronella. „Und was machen wir jetzt eine Stunde lang?"

„Ich wüsste da schon was ..." Luis grinst.

Kurz darauf fliegen Petronella und die Zwillinge auf dem Oberhexenbesen durch die Lüfte. Alles funktioniert

einwandfrei. Lea jubelt, und auch Petronella ist begeistert. „Der beschleunigt ja wie ein Düsengeist!“

„Der Oberhexenbesen ist echt der Oberhexenhammer!“, ruft Luis und breitet die Arme aus.

„Halt dich fest, Luis!“, schreit Lea erschrocken auf.

„Hast du Pestilla nicht gehört? Wir sollen doch die Finger von ihm lassen!“, gibt Luis vergnügt zurück. Alle drei kichern. Dann steuert Petronella den Besen in einen Looping. Luis springt waghalsig auf den Stiel und stellt sich wie ein Surfer hin.

Doch das war wohl etwas zu viel des Guten. Der Besen schwankt, Luis rutscht ab und fällt in die Tiefe! Sofort geht Petronella in den Sturzflug, während Lea versucht, ihren Bruder zu packen. Doch dabei rutscht sie nun selbst vom Besen ab. Eilig greift die Hexe nach ihr und wird – verhext und zugenäht! – ebenfalls vom Besen gerissen. Schreiend stürzen alle drei Richtung Boden. Erst im letzten Moment gelingt es Petronella, ihren Zauberstab zu zücken und sie ruft schnell:

„Lirum larum Apfelwein,
lass uns im Sturz wie Federn sein!
Hex Höx!“

Der Zauberspruch scheint zu funktionieren, denn sofort werden die drei abgefangen und gleiten sanft wie Federn zu Boden.

Das ist gerade noch einmal gut gegangen!

Nur der Oberhexenbesen wird vom Zauber nicht erfasst, schlägt krachend herunter und zerbricht – oje! – auf einem großen Stein in zwei Teile.

„Oh-oh, das sieht nicht gut aus", murmelt Rübenbach, während er mit den anderen beiden Apfelmännchen um den zerbrochenen Besen herumsteht.

„Gar nicht gut", pflichtet Karottenwams ihm bei.

Und Gurkenhut stellt ernüchtert fest: „Oder sogar: schlecht." Vorwurfsvoll blickt er Petronella und die Zwillinge an.

Luis lässt den Kopf hängen. „Es tut mir leid. Das mit dem Surfen war echt 'ne bescheuerte Idee …"

„Tja." Gurkenhut wirft einen ratlosen Blick auf seinen Werkzeugkoffer. „Ich weiß auch nicht, was wir jetzt machen sollen. Bei Hexenbesen sind gewöhnliche Klebstoffe nutzlos."

„Oh Mann", seufzt Luis. „Und nun??" Ihm ist das schlechte Gewissen deutlich anzusehen.

„Steht dazu nicht vielleicht was in deinem Hexenbuch, Petronella?", fragt Lea hoffnungsvoll.

Die Apfelhexe nickt. „Du hast recht. Wozu hat es sonst so viele Seiten?"

Gemeinsam eilen die Freunde zu Petronellas Apfelhaus. Einmal oben im Baum angekommen, nimmt die Hexe das große Buch mit den Zaubersprüchen zur Hand und blättert darin. „Moment … Aha, da haben wir es ja. Erstens: Einen Oberhexenbesen sollte man *niemals* zerbrechen!", liest sie

laut vor, und alle schauen sich betreten an. Dann fährt Petronella fort: „Zweitens: Ist es einem doch passiert, braucht man Fichtenhonig, den vierversigen Zusammenfüg-Zauber und 13 Tage Trockenzeit."

Gurkenhut steckt seinen Kopf in den Werkzeugkasten, den er mitgeschleppt hat. „Aber wir haben keinen Fichtenhonig", stellt er enttäuscht fest. Rübenbach schüttelt nachdenklich den Kopf. „... und keine 13 Tage Zeit", sagt er.

Auch die Zwillinge sind ratlos. „Also, Fichtenhonig gibt's ja in Papas Backstube", murmelt Lea. „Aber ..."

„Die Backstube! Das ist es!", fällt Luis ihr ins Wort. Die anderen schauen ihn fragend an. „Na, beim Backen muss der Teig *trocknen*. Nur viel schneller als an der frischen Luft, versteht ihr?" Die Apfelmännchen werfen sich zweifelnde Blicke zu. „Leute, ich hab uns da reingeritten – oder vielmehr reingesurft. Und ich hol uns da auch wieder raus!" Damit nimmt Luis seine Schwester an der Hand und zieht sie hinter sich her zur Backstube. Unterwegs erklärt er ihr seinen Plan ...

In der Backstube ist Bäckermeister Kuchenbrand gerade dabei, einen Keksteig anzurühren, als Lea und Luis hereinstürzen.

„Papa, Papa, wir backen doch mit!", rufen die Zwillinge.

Herr Kuchenbrand schaut sie erfreut an. „Fantastisch! Ich hab den Teig schon ..."

„Perfekt! Ist der Ofen schon heiß?“, unterbricht ihn Lea. Sie kann es kaum erwarten, den Plan in die Tat umzusetzen.

Völlig überrumpelt sieht Herr Kuchenbrand zu, wie seine Kinder anfangen, in der Küche herumzuwuseln, ihm Backblech und Teigschüssel aus der Hand nehmen und den Teig probieren.

„Mmmh!“, schwärmt Lea. „Weißt du, was noch perfekt dazu passen würde? Fichtenhonig!“

„Das ... das ist ... eine geniale Idee“, meint Herr Kuchenbrand überrascht. „Und eine sehr gute noch dazu!“

Ehe er sich versieht, ist Lea schon auf dem Weg zum Vorratsregal. Was Herr Kuchenbrand jedoch nicht sieht: Aus ihrer Hosentasche lugt Petronella hervor, die zwei Besenteile in der Hand hält. Luis lenkt seinen Vater ab, indem er das Backpapier zuerst versteckt und dann lauthals danach sucht. Zur gleichen Zeit öffnet Lea rasch das Honigglas, und Petronella tunkt die beiden Bruchstellen mit Hilfe eines Schwebezaubers hinein. Dann ist es Zeit für den Zauberspruch.

„Schnell, in 20 Minuten kommt Pestilla zurück!“, drängelt Lea leise.

Petronella schwingt den Zauberstab, während die beiden Besenhälften vor ihr in der Luft schweben.

„Lirum larum Apfelernte,
der Besen, der den Flug verlernte,
und doch aus einem Holz
geschnitzt, jetzt wieder
ganz zusammensitzt!
Hex Höx!“

Nach ein paar wilden Drehungen fügen sich die beiden Enden des Besens vor Leas staunenden Augen wieder zusammen. Eine kleine Zauberwolke entsteht, und es macht „PUFF!“. Als ihr Vater irritiert hinüberschaut, stülpt Lea rasch eine Schüssel über Petronella.

„Ach, *hier* ist das Backpapier!“, ruft Luis schnell, indem er die versteckte Rolle nun hervorzieht und damit Herrn Kuchenbrands Aufmerksamkeit wieder auf sich lenkt.

Lea geht mit dem Honigglas in der Hand zum Backtisch zurück. Sie rührt ein wenig davon unter den Teig und lässt ihren Vater kosten. Er ist begeistert und beginnt sofort, mit geschickten Handgriffen runde, flache Kekse zu formen. Die Kinder helfen ihm.

„Mensch, Papa, wie machst du das so schnell?“, fragt Lea und zwinkert ihrem Bruder zu. „Kannst du mir noch mal gaaanz genau zeigen, wie das geht?“

„Na klar!“, erwidert Herr Kuchenbrand. „Ist echt kein Hexenwerk.“

Während er und Lea die Köpfe zusammenstecken, lugt Petronella unter ihrer Schüssel hervor und lässt den zusammengeklebten Hexenbesen unbemerkt zu Luis hinüberfliegen, der ihn fix in einen Keks hineinschiebt. Er markiert den Keks mit einer halben Walnuss und will das Blech gerade in den Ofen schieben, als Herr Kuchenbrand aufschaut.

„Das ist eine geniale Idee, mein Junge. Und eine sehr gute noch dazu!“ Bevor Lea und Luis reagieren können, greift er ins Glas mit den Nüssen und platziert auf jedem Keks eine davon.

Die Zwillinge sehen bestürzt auf das Blech, auf dem nun ein Keks wie der andere aussieht, aber ihr Vater deutet ihre Blicke falsch und tätschelt ihnen beruhigend die Schultern.

„Na, na, das lernt ihr auch noch. In 15 Minuten ist das erste Blech fertig.“ Mit diesen Worten schiebt er die Kekse in den Ofen.

„Das wird sauknapp“, flüstert Luis seiner Schwester zu, während er weiter Kekse formt. Sie nickt, und auch Petronella, die unter der Schüssel in ihrem dunklen Versteck hockt, beißt sich gespannt auf die Lippe.

Es dauert fast eine Ewigkeit, bis endlich das laute „BING!“ der Ofenglocke ertönt. Die Zwillinge springen auf, als wäre der wilde Watz hinter ihnen her. Luis zieht das Blech aus dem Ofen und stürmt damit aus der Backstube.

„Wo willst du denn hin?!“, ruft Herr Kuchenbrand ihm verdattert nach. Lea schnappt sich die Schüssel, unter der Petronella sitzt, dreht sie geschickt um, sodass die Apfelhexe – HUIIII! – auf den Schüsselboden rutscht und eilt ihrem Bruder hinterher.

„Im Garten ... äh ... ist die beste Abkühltemperatur!“, ruft sie noch in Richtung ihres Vaters und schon ist auch sie weg. Vorher schwenkt sie noch kurz die Schüssel: „Und dann füllen wir die Kekse um!“

Herr Kuchenbrand bleibt verdutzt in der chaotischen Backstube zurück.

Sobald Lea und Luis mit Petronella außer Sichtweite sind, stellen sie Blech und Schüssel auf die Erde.

„Mist, und wie finden wir jetzt den Besen?“, fragt Lea.

Während Luis beginnt, wahllos Kekse auseinander zu brechen, klettert Petronella auf den Schüsselrand und pfeift schrill auf den Fingern. Die Zwillinge schauen sie verwundert an.

„Wir müssen nur den richtigen Ton treffen. Ihr wisst schon, wir Hexen rufen unseren Besen immer mit einem Pfiff“, erklärt Petronella. Sofort machen Lea und Luis mit, und es ertönt ein wildes Pfeifkonzert. Doch kein einziger Keks rührt sich …

Auf der Blumenwiese haben unterdessen die Apfelmännchen die Stellung gehalten. Die Stunde Reparaturzeit ist um, und sie sehen besorgt, wie die Oberhexe auf Petronellas Besen herangebraust kommt.

„Oh, Pestilla, du bist ja überpünktlich!“, säuselt Gurkenhut.

„Was heißt hier ‚über‘?“, grummelt die Oberhexe. „Ich bin pünktlich, Punkt. Wo ist mein Besen?“

Karottenwams wirft einen hektischen Blick in Richtung des Müllerhauses. „Mit dem Besen ist alles in bäcker… äh, ich meine in *bester* Ordnung!“

„Können wir dir vielleicht etwas zu trinken anbieten?", versucht Gurkenhut Pestilla abzulenken. „Wir haben Apfelsaft, Blütennektar ..."

„... oder *beruhigenden* Süßwurztee!", fällt Rübenbach ihm ins Wort.

Pestilla wird langsam ungehalten. „Nein, nein, ich will nur meinen Besen!" Kurzentschlossen pfeift sie zweimal laut und schaut sich erwartungsvoll um. Da kommt plötzlich ein riesiger Keks angeflogen und schwebt über ihr in der Luft. Den Apfelmännchen fallen fast die Augen aus dem Kopf.

„Wo bleibt er denn?!" Pestilla ist wirklich eine ungeduldige Hexe. Schon bilden sich ein paar gefährlich steile Falten auf ihrer Stirn.

„Öhm ... ähh, ahhhh ...", stottern Gurkenhut und Karottenwams.

„*Milch* hätten wir übrigens auch da!", wirft Rübenbach verzweifelt ein.

Pestilla wirkt immer ungehaltener. Doch dann blickt sie nach oben, und ihr platzt fast die Hutschnur. „Was zum Estragon ist das?!!"

Gerade sinkt der Keks langsam hinab und schwebt nun neben ihr. Da kommt Petronella angerannt, gefolgt von Lea und Luis, die nun auch wieder kleingehext sind.

„Pe-tro-nel-la, was ist hier los?!", donnert Pestilla.

Die Apfelhexe bleibt stehen und ringt nach Luft. „Alsoooo

... ähhhhh ... dein Besen ..." Sie weiß nicht mehr weiter und zeigt auf den Keks.

„Ist in diesem Keks!", eilt Luis ihr zu Hilfe. „Das ist die neue Keks-Kur! Noch nie davon gehört?", fügt er geistesgegenwärtig hinzu.

Es folgt eine unheilvolle Stille, doch dann haben die Apfelmännchen sich von ihrer ersten Überraschung erholt und geben Gas.

„Ganz genau!", ruft Karottenwams. „Also, für die ... *Aerodynamik* ..."

„... und, ähm, die Borstenwinkel", fällt Rübenbach ein.

„Und den allgemeinen Holzzustand. Nachdem dieser Besen bestimmt 100 Jahre nicht gewartet wurde!", ergänzt Gurkenhut.

„Und wie jeder weiß, sind Butter und Ei ... ähm ...", stammelt nun wieder Luis.

„... das reinste Balsam für Holz!", beendet Lea seinen Satz.

Pestilla schwirrt der Kopf von so vielen Informationen, und sie schaut die Zwillinge vorwurfsvoll an.

„Holterdipolter, halt, stopp! Ihr wollt also sagen, ihr habt den Besen nicht nur angefasst, sondern ihn in diesen ... Monsterkeks *eingebacken*?!"

Jetzt reicht es Petronella. Die kleine Apfelhexe baut sich vor der Oberhexe auf und verteidigt die Zwillinge. „Ganz genau! Und ich sag dir was: Freu dich darüber. Schau ihn dir mal an!"

Petronella macht Kreisbewegungen mit ihrem Zauberstab, und der Keks beginnt, sich rasend schnell um die eigene Achse zu drehen, bis Keksstückchen in alle Richtungen fliegen und der Besen freigeschält ist. Er blitzt wie neu, und für einen Moment vergisst Pestilla, dass sie eigentlich wütend ist.

„Mein Borsti-Basti!", ruft sie und umarmt den Besen. „Gut siehst du aus! Und warm bist du!"

Als sie die belustigten Blicke der anderen sieht, reißt sie sich jedoch gleich wieder zusammen und betastet den Besen prüfend. „Aber: Fliegt er auch, wie er soll?", fragt sie skeptisch.

„Probier's aus", fordert Petronella sie freundlich auf.

Pestilla setzt sich auf ihren Besen, und die Freunde sehen etwas besorgt zu, wie sie mit dem Popo wackelt, um die

Sitzfestigkeit zu prüfen. Doch der Besen hält. Sofort startet die Oberhexe zu einem Probeflug, und die anderen folgen ihr gespannt mit den Augen.

„Kein Knallen und Knattern!", ruft Pestilla begeistert, als sie an den Freunden vorbeifliegt. Lea, Luis und Petronella grinsen sich erleichtert an.

„Liegt gut in den Kurven!“, ruft Pestilla nach der zweiten Runde. Dann hält sie in der Luft an und blickt auf die kleine Versammlung von Hexe, Menschenkindern und Apfelmännchen hinab. „Nur der Fahrtwind riecht irgendwie …“ Die Zuhörer halten den Atem an. „Nun ja … köstlich! Ich muss sagen …“ Sie räuspert sich und wendet sich dann zähneknirschend an Lea und Luis. „Ich danke euch!“

Stolz schauen die Zwillinge zu, wie die Oberhexe auf ihrem Borsti-Basti davonfliegt.

„Und jetzt: Keksstücke für alle!“, ruft Lea, und die Freunde stürzen sich voller Begeisterung auf die Kekskrümel am Boden – natürlich ohne Besenfüllung.

Nach diesem abenteuerlichen Nachmittag sind Petronella, die Apfelmännchen und die Zwillinge froh, dass am Ende alles gut ausgegangen ist. Bester Laune sitzen sie noch lange im Garten zusammen und genießen jeder ein Glas von Gurkenhuts selbst zusammengemischter Zitronenlimonade, dieses Mal mit einem Spritzer Waldmeistersirup.

„Das ist aber eine geniale Idee!“, sagt Lea, leckt sich über die Lippen und zwinkert ihrem Bruder zu.

Luis schaut sie grinsend an. „Und eine sehr gute noch dazu!“

Der Spielverderber

Regen platscht in dicken, schweren Tropfen gegen die Fensterscheiben vom Müllerhaus. Heute ist wirklich kein Wetter, um in den Garten zu gehen. Die Zwillinge sitzen am Küchentisch und sind in ein Brettspiel vertieft. Lea versucht gerade, ihren Bruder davon zu überzeugen, dass er noch einmal würfeln muss, weil der Würfel auf Kippe steht.

„Du willst nur nicht, dass ausnahmsweise mal ich gewinne", sagt Luis, dann stutzt er und starrt überrascht auf den Würfel. „Hä?!"

„Du willst also mit einer Drei gewinnen?" Lea sieht ihren Bruder mit einem zuckersüßen Lächeln an. „Meinst du wirklich?"

Luis runzelt die Stirn. Er ist sich hundertprozentig sicher, dass der Würfel eben noch eine andere Zahl gezeigt hat. Da hört er plötzlich ein leises Kichern. Der Wichtel Nisse hat sich hinter einem Würfelbecher versteckt und lacht sich ins Fäustchen.

Hat der Schelm es wieder mal geschafft und unbemerkt den Würfel umgedreht.

„Mensch, Nisse! Halt dich aus unserem Spiel raus!“, sagt Luis genervt. Doch der Wichtel saust unbekümmert übers Brett und stößt alle Figuren um.

„NISSE!!!“ Luis ist jetzt echt sauer, schnappt sich den Würfelbecher und stülpt ihn über den Störenfried. Doch es ist zu spät, das Spiel können sie vergessen. Wenigstens ist jetzt nur noch das dumpfe Schimpfen des Wichtels zu hören.

Mit Nisse ist es so eine Sache. Eigentlich ist er ein witziger kleiner Kerl, aber leider kann er es nicht lassen, ständig Blödsinn anzustellen. Und so will schon lange keiner der Gartenbewohner mehr mit ihm spielen, weil das immer nur mit Ärger endet. Darum hat er sich anscheinend mal wieder vorgenommen, im Müllerhaus sein Unwesen zu treiben. Doch die Zwillinge haben genauso wenig Lust, sich von Nisse die Laune verderben zu lassen.

„Gerade als ich dabei war zu gewinnen“, jammert Luis jetzt.

„Das meinst auch nur du“, erwidert Lea. „Aber ist doch egal. Komm, wir lassen den Spielverderber hier schmoren und gehen raus. Ich glaub, es hat endlich aufgehört zu regnen. Schau mal!“

Und wirklich: Durch das Fenster sehen die beiden, dass im Garten ein Regenbogen erscheint.

„Komisch“, überlegt Luis. „Ein Regenbogen ohne Regen?“

Die Zwillinge wechseln einen Blick, und schlagartig wird ihnen klar: Für diesen Regenbogen kann nur ihre Freundin, die Apfelhexe Petronella, gesorgt haben. Neugierig springen die beiden auf und stürmen aus der Küche.

„Ha!“ Mit aller Kraft stößt Nisse von innen den Würfelbecher um und hüpft den Kindern mit schelmischem Grinsen hinterher.

Im Garten ist Apfelhexe Petronella unterdessen schwer beschäftigt. Nach dem Regen möchte sie die wertvollen Zauberkugeln herstellen, die jede Hexe gern zu ihrem Fundus zählt. Und sie hat auch schon einige davon in einem Korb gesammelt. Die Apfelmännchen sind natürlich mit von der Partie und helfen ihr. Gurkenhut steht bereits auf den Schultern seines Kollegen Karottenwams und biegt einen langen

Grashalm nach unten, an dessen Ende ein Wassertropfen baumelt.

Er leuchtet in allen Regenbogenfarben. Petronella berührt ihn sacht mit ihrem Zauberstab.

„Lirum larum Morgentau,
eingeschlossen Rot, Gelb, Blau."

Sofort schrumpft der Tropfen zusammen.

Ganz in der Nähe sind die Rufe von Lea und Luis zu hören. Gurkenhut schaut irritiert zur Hecke, doch Petronella konzentriert sich unbeirrt auf ihre Zaubertropfen. Aber noch bevor sie eine weitere der Kugeln in ihrem Korb verstauen kann, sausen die Zwillinge, klein geschrumpft versteht sich, um die Ecke.

„Vorsicht!", ruft Petronella. Doch der eine unaufmerksame Moment hat ausgereicht: Schon löst sich der kleine Wassertropfen von der Spitze ihres Zauberstabs und schwebt davon. Geradewegs auf Karottenwams' Gesicht zu. Das Apfelmännchen will sie mit einer Hand wegschlagen und lässt deshalb Gurkenhuts Fuß los. Dabei hat er nicht bedacht, in welch unsicherer Position der Chef der Apfelmännchen sich befindet. Denn als

Gurkenhut auf einmal ohne Halt am Grashalm hängt, wird er wie eine Feder nach oben katapultiert. Der Apfelmann schreit auf. Im selben Moment trifft Karottenwams mit einem wedelnden Arm die Kugel, die in einer wahren Farbexplosion zerplatzt. Das Apfelmännchen wird mit voller Wucht getroffen – und plötzlich sind nur noch seine Augen zu sehen. Er hat die Farben seiner Umgebung angenommen!

„Wow ... cool!", ruft Luis.

Karottenwams schaut an sich hinunter und staunt.

Petronella hat zuerst einen Schreck bekommen, als der Zauber schief gegangen ist, aber jetzt lächelt sie. „Das ist ein Chamäleon-Zauber. Sehr gut zur Tarnung, wie ihr *nicht* sehen könnt. Aber völlig ungefährlich."

„Es tut uns leid, Petronella, dass wir dich beim Zaubern gestört haben. Wir haben den Regenbogen gesehen und wollten nichts verpassen", murmelt Lea betroffen und setzt zaghaft hinzu: „Und wir wollten gern was mit dir spielen ..."

„Mit Karottenwams ist nichts Schlimmes passiert", beruhigt die Apfelhexe sie. „Ich mache gerne mit. Aber erst werde ich hier für Ordnung sorgen. Halt still, Karottenwams, das kitzelt jetzt vielleicht ein bisschen."

Lächelnd richtet Petronella ihren Zauberstab auf das Apfelmännchen.

„Lirum larum Apfelschmaus,
bring die Farben wieder raus.
Hex Höx!"

Sofort strömen die Zauberfarben aus Karottenwams und werden wie ein bunter Regenbogen in Petronellas Zauberstab gezogen. Das Apfelmännchen bekommt seine normalen Farben zurück, und am Zauberstab bildet sich erneut eine kleine Kugel. Karottenwams kichert.

„Ich sammle noch ein paar Tropfen, bevor sie wegtrocknen, dann spiel ich mit", verspricht die Apfelhexe den Zwillingen und widmet sich wieder ihrer Arbeit.

„Na gut", sagt Luis und stemmt die Hände in die Hüften. „Wir fangen schon mal an. Also, was spielen wir?"

„Hmm … wie wär's mit Blattsegeln?", schlägt Lea vor.

„Dafür ist es zu nass", meint Luis. „Hindernislauf?"

„Nee, zu matschig", wendet Lia ein. „Warte … Ich hab's! Lasst uns Verstecken spielen."

„Oh ja, bitte!", ruft eine hohe Stimme, die sie alle kennen. Wie aus dem Nichts taucht neben ihnen aus dem Gebüsch Maus Hilda auf.

Sie ist ganz aufgeregt und zappelig, denn sie liebt Spiele aller Art. „Das ist mein absolutes Lieblingsspiel. Das Einzige, was noch schöner ist als Verstecken ist … PASS AUF!", unterbricht sie sich selbst und zeigt erschrocken nach oben über Luis' Kopf.

Der schaut hoch und sieht, wie ein großer Wassertropfen von einem Blatt rutscht und auf ihn zurast. Gerade noch rechtzeitig kann er ausweichen, und der Tropfen zerplatzt auf dem Boden.

Schadenfroh lugt nun ein vorwitziger Wichtelkopf hinter einem Grashalm hervor. Nisse muss sie die ganze Zeit über beobachtet haben – es war natürlich klar, dass er ihnen gleich einen weiteren Streich spielt.

„Nisse!“, ruft Lea aufgebracht.

Doch der Wichtel hält schon den nächsten Tropfen in den Händen und macht sich bereit zum Wurf.

„Du bist so ein Spielverderber!“, schimpft Luis und sucht nun selbst nach einem Tropfen, den er zurückwerfen kann. Innerhalb kurzer Zeit entbrennt ein heftiger Wasserkampf zwischen den Kindern, ihren Freunden und dem Wichtel.

Währenddessen sammelt Petronella eifrig weitere Zauberkugeln. Als Nisse es mit den nassen Tropfenwürfen schließlich zu bunt treibt, beschließt Petronella, einzugreifen. Sie nimmt mit dem Zauberstab eine der Zauberkugeln aus ihrem Korb und lässt sie vor Nisses Nase davonschweben. Prompt hüpft der Wichtel der bunten Kugel hinterher.

„Danke, Petronella“, schnauft Lea und wischt sich den Schweiß von der Stirn. „Nisse kann ganz schön anstrengend sein. Aber jetzt ist er bestimmt eine Weile beschäftigt.“

„Das hoffe ich“, grinst die Apfelhexe.

Endlich können die Freunde mit dem Versteckspiel beginnen. Sie losen den Sucher aus, und Hilda gewinnt.

„Oh, ich liiiiiebe es zu suchen!“, freut sich die Maus. „Das tue ich nämlich sowieso den ganzen Tag. Also macht euch auf was gefasst.“ Sie hält sich die Augen zu und beginnt zu zählen, während die anderen davoneilen.

„… zehn!“, ruft Hilda schließlich und dreht ihren Kopf rasch hin und her.

„GURKENHUT SITZT IM GESTRÜPP! GURKENHUT SITZT IM GESTRÜPP!“, ruft da plötzlich eine Stimme. Anscheinend hat Nisse seine Jagd nach der Zauberkugel aufgegeben und mischt sich lieber in das Spiel der anderen ein.

Hilda läuft zum Gestrüpp und entdeckt das Apfelmännchen natürlich sofort.

Luis allerdings findet, dass das Versteckspielen so gar keinen Spaß macht. Er schaut ärgerlich hinter einem Blumentopf hervor und flüstert in die Richtung, aus der die Stimme des Wichtels kam: „Nisse … Pst!“

Doch der ruft nur spöttisch: „LUIS IST HINTERM BLUMENTOPF! LUIS IST HINTERM BLUMENTOPF!“

Sofort läuft Hilda zum Blumentopf, da springt Lea auf. Sie hatte sich hinter einen Stein gekauert, und auch sie ist jetzt stinksauer.

„Nisse! Du verdirbst uns das Spiel!“, ruft sie und schaut sich suchend um, kann den Wichtel aber nirgends entdecken.

Auch die Maus schaut ratlos zwischen Lea und Luis hin und her.

„Ich spiele so, wie ich es will. Bäh!“, kräht Nisse, nach wie vor so gut versteckt, dass ihn niemand sehen kann.

„Aber so wollen *wir* nicht spielen!“, ruft Luis wütend und kommt ganz aus seinem Versteck.

Nun tritt auch Petronella hinter einem Pilz hervor. „Wisst ihr was … Vielleicht sollten wir den Spieß einfach umdrehen und Nisse zum Teil des Spiels machen.“

„Versteh’ ich nicht“, murmelt Luis verstimmt.

„Ich schon!“, jubelt Lea. „Und ich finde, das ist eine gute Idee! Wir suchen einfach alle nach Nisse. Und wer ihn zuerst findet, gewinnt. Ok, Nisse, du gegen uns!“

„Und ich gewinne!“, frohlockt Nisse.

„Werden wir ja sehen ...“, ruft Luis angriffslustig, während die Gruppe sich auf die Suche macht.

In seinem Blattversteck setzt Nisse ein teuflisches Grinsen auf. Dann lüpft er seinen Hut und zieht die Zauberkugel hervor, die er offensichtlich gefangen hat. Er beobachtet, wie die Regenbogenfarben darin herumwirbeln. „Praktisch, praktisch, praktisch!“, murmelt er feixend. „Ich spiele so, wie ich es will.“ Und – schwupps! – macht er sich die Zauberkraft der Kugel zunutze und ist im Nu unsichtbar.

Obwohl die Freunde überall suchen, können sie Nisse einfach nicht finden. Der Wichtel scheint wie vom Erdboden verschluckt. Zwar glauben alle, zwischendurch mal was zu hören oder zu spüren – doch sehen können sie ihn nicht. Wie sollten sie auch?

Getarnt durch den Chamäleon-Zauber, kann der Wichtel fröhlich und unbemerkt sein Unwesen treiben. Als Gurkenhut schließlich etwas Grünes, Spitzes in einem dürren Busch entdeckt, hält er es für Nisses Hut. Doch es ist nur eine Blume. Tatsächlich trippelt der Wichtel unbemerkt hinter dem Apfelmännchen her und tippt ihm auf die Schulter.

Gurkenhut kreischt erschrocken und springt in die Höhe. Nisse lacht sich ins Fäustchen und läuft weg. Doch dabei schaut er sich nach dem Apfelmännchen um und bemerkt nicht, dass er geradewegs auf ein Loch zusteuert. Und ehe er sich's versieht, plumpst er mit dem nächsten Schritt hinein und verschwindet in der Tiefe. „Ups!", schreit er überrascht auf, aber nicht so laut, dass Gurkenhut ihn hören würde.

Während also alle nach dem Wichtel Ausschau halten, liegt Nisse am Boden des Lochs und reibt sich den Po.

„Aua!", jammert er, steht auf und blickt um sich. Erst jetzt bemerkt er, wie tief das Loch ist. Einfach wieder rausklettern kann er nicht. Doch da hängt eine grüne Ranke zu ihm nach unten! Nisse versucht, sich daran hochzuziehen. Doch sie reißt, und der Wichtel landet schon wieder schmerzhaft auf seinem Hintern.

„AUA!", jammert Nisse noch lauter, als er sich wieder aufrappelt. Er springt, so hoch er kann, doch es nützt alles nichts, das Loch ist einfach zu tief. Langsam bekommt Nisse hier unten richtig Angst.

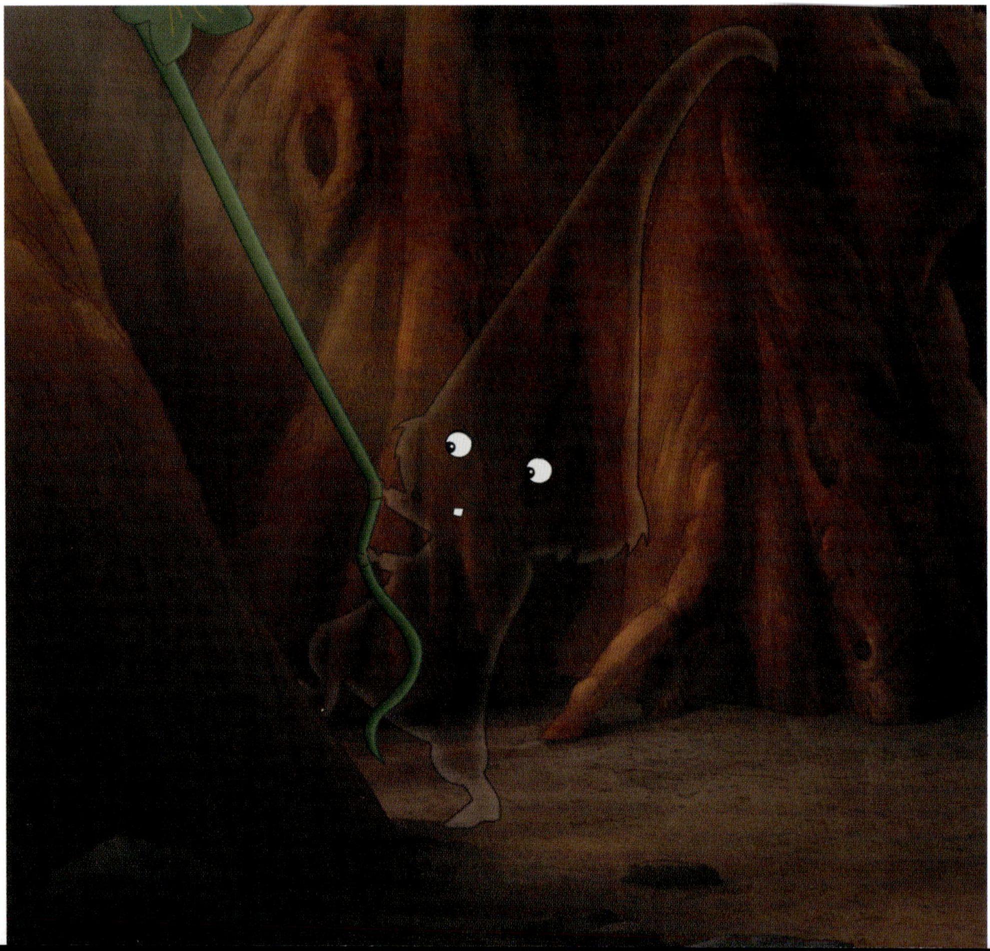

„Hilfe! HILFE!", schreit er, doch niemand hört ihn. Das Versteckspiel hat die Freunde längst in einen anderen Teil des Gartens geführt. Als wäre das alles nicht schon schlimm genug, beginnt es auch noch zu regnen. Und unten in Nisses Loch breitet sich eine Pfütze aus und wird immer größer.

„Na toll, jetzt regnet es wieder", sagt Luis enttäuscht, als die Freunde sich erneut an ihrem Ausgangspunkt versammeln.

„Und immer noch kein Nisse", wundert sich Petronella. „So ein Schlawiner. Der kann sich echt gut verstecken."

Hilda nickt. „Komisch. Ich dachte, ich hätte genau vor mir seine Schritte gehört. Aber sehen konnte ich ihn nicht."

Petronella mustert die Maus nachdenklich.

„Und mir hat jemand auf die Schulter getippt", berichtet Gurkenhut aufgeregt. „Aber ich habe auch niemanden gesehen."

Petronella wird noch nachdenklicher, schließlich schaut sie zu den Zauberkugeln in ihrem Korb.

„Hm, vielleicht ...", denkt die Apfelhexe laut nach. „Ich hab da so eine Vermutung ... Was, wenn Nisse sich mit einer der Zauberkugeln unsichtbar gemacht hat?" Plötzlich dreht sie den Kopf zur Seite und spitzt die Ohren. „Habt ihr das auch gehört? Ich glaube, da ruft jemand." Zum Glück hat die Apfelhexe meistens ihr Fledermauslauschohr dabei. Das kann sie jetzt mal wieder gut gebrauchen.

Auch die anderen versuchen angestrengt, etwas zu hören. Doch das ist nicht so einfach, denn der Regen rauscht immer heftiger.

Schließlich meint Luis: „Kommt, wir gehen wieder rein. Es hat doch keinen Sinn, Nisse noch länger zu suchen, erst recht, wenn er unsichtbar ist. Bestimmt ist er schon nach Hause gegangen. Es ist doch jetzt eh zu nass."

„Wartet!" Lea zögert. „Ich glaube, Nisse ruft nach Hilfe."

Die Zwillinge schauen sich an, und jetzt hören alle noch genauer hin.

„Bu-hu-huu", heult es ganz leise in der Ferne.

Der Regen prasselt immer stärker vom Himmel.

„Bei dem Pladdern kann man gar nichts hören. Wie sollen wir ihn denn so finden?", fragt Lea.

Doch da hat Luis eine Idee. „Wo findet man Wichtel?", überlegt er laut. „Natürlich am Ende eines ..."

„Regenbogens!", rufen Petronella und Lea gleichzeitig. Natürlich! Wenn man mit einem Regenbogen die Farben aus einem Regentropfen bekommt, dann bekommt man damit bestimmt auch die Farben aus einem verzauberten Wichtel!

„Ich hoffe, der Zauber reicht weit genug", sagt Petronella und zückt bereits ihren Zauberstab. „Nun gut, ich probier's:

Lirum larum Apfelstück,
Farben kommt zu mir zurück.
Hex Höx!"

Plötzlich erscheint ein Regenbogen in der Ferne, der sich hoch in den Himmel hinauf wölbt und dann wieder hinab zur Spitze von Petronellas Zauberstab, wo er langsam zu einer schimmernden Zauberkugel wird. Die anderen stehen da und staunen.

„Schnell jetzt!", treibt Petronella sie an. „Wir müssen zum anderen Ende des Regenbogens, bevor der Zauber nachlässt! Genau da muss Nisse sein."

Sie spurten los. Schließlich finden sie den Wichtel in seinem Loch, wo er bereits knietief im Wasser steht und herzerweichend schnieft. Der Chamäleon-Zauber hat seine Wirkung verloren, und er sieht wieder ganz normal aus.

„Hallo Nisse!“, ruft Luis keck, als sie von oben in das Loch hinunterschauen. „Wir haben gewonnen. Wir haben dich gefunden!“

Nisse springt auf und ab. „Aber nur, weil ich gerufen hab!“, protestiert er.

Luis seufzt und verdreht die Augen. „Ja, gern geschehen. Hier, halt dich fest.“

Kurz beraten sich die Freunde, wie sie den Wichtel aus seinem Loch herausbekommen. Schließlich verhaken

Gurkenhut und Karottenwams sich wie zwei Akrobaten und formen eine Leiter. Dann machen sie sich ganz steif und gleiten ins Loch hinunter, sodass Nisse herausklettern kann. Der Wichtel kommt aus dem Loch gesaust, rückt seinen Hut zurecht und schaut etwas bedripst in die Runde.

„Na, Nisse, was sagt man da?“, fragt Lea.

Nisse runzelt die Stirn, kratzt sich an der Nase und grinst dann schüchtern. „Was spielen wir jetzt?“ Dabei schaut er so hoffnungsvoll drein, dass die anderen wider Willen lachen müssen. Und um sie herum? Prasselt der Regen noch mal stärker.

Wenig später haben sich alle im Müllerhaus in der Küche versammelt. Lea und Luis sind immer noch klein gehext und spielen ihr Brettspiel mit Nisse, als wären sie alle Spielsteine. Der riesenhaft erscheinende Würfel zeigt eine Fünf, und Luis hüpft von Feld zu Feld. Petronella, Maus Hilda und die Apfelmännchen sind auch dabei.

„... drei ... vier ... fünf“, zählt Luis. „Mann, dieses Spiel macht noch mehr Spaß, wenn man mittendrin ist. Du bist dran, Nisse ... Oh, wartet, da kommt jemand!“

Alle erstarren, doch Petronella lächelt nur verschmitzt, greift in ihre Tasche und zieht ein paar Zauberkugeln hervor.

Als sich die Tür öffnet und Frau Kuchenbrand hereinschaut, hört sie nur das leise Ploppen der Zauberkugeln. Sie schaut auf das Spielbrett und sieht ... nichts.

„Komisch. Und ich dachte, ich hätte die Kinder spielen gehört“, murmelt sie vor sich hin.

Sie schaut sich kurz um, dann geht sie wieder. Kaum hat sich die Tür hinter ihr geschlossen, bewegt sich auf dem Spielbrett wie auf magische Weise der Würfel, und das Spiel geht weiter.

Das Stinkeparfüm

Der Garten des Müllerhauses liegt friedlich in der Sonne. Die Vögel singen, und Bienen schwirren durch die Luft. Hoch oben im Apfelbaum beugen sich Lea und Luis in Petronellas Apfel gespannt über einen Topf mit einer heißen Flüssigkeit.

„NOCH ist das Apfelsaft, aber gleich ist es Blubberblasensaft!", verkündet Petronella und rührt mit einem Kochlöffel um. Luis und Lea lecken sich die Lippen. Unterdessen gleitet Hirschkäfer Lucius auf ein paar Bürsten, die er sich wie Schlittschuhe unter die Füße gebunden hat, durch das Apfelhaus. Er findet, so macht das Putzen wenigstens ein bisschen Spaß.

Die Apfelhexe blättert in ihrem großen Buch mit den Zaubersprüchen, richtet dabei den Zauberstab auf den Topf und murmelt:

„Lirum larum Apfelzucker,
hinein ihr Blasen und Geblubber!"

Genau in dem Moment schlittert Lucius zwischen sie und den Topf.

„Ups!“, ruft Petronella erschrocken, und ihr Zauberstab zuckt.

Der Hirschkäfer macht einen Satz und rutscht auf einen Sessel zu. Aus seinem Mund steigen plötzlich Blasen auf.

„Uaaaaah! In meinem Bauch blubbert's!“, ruft Lucius verwirrt.

„Apfelgrütze noch mal! Tut mir leid“, sagt Petronella zerknirscht. „Ich hab aus Versehen *dich* getroffen mit dem Zauberspruch ...“

Lucius reibt sich den Bauch. „Ähm ... irgendwas braut sich da zusammen ...“ Ein lautes Pupsgeräusch ertönt, und der Hirschkäfer wird knallrot. „Oh nein, kommt das etwa von diesem Blubberzauber?“

Luis schaut ihn besorgt an. „Bestimmt. Der hat dich voll getroffen!“

Ein Grummeln ertönt, dann bahnt sich ein weiterer gewaltiger Pups den Weg. Er ist so heftig, dass alle Fenster des Apfelhauses auffliegen.

„Petronella, du musst dir was einfallen lassen!“, jammert Lucius und hält sich beschämt den Bauch.

Die Apfelhexe sieht ihn ratlos an. „Hm, was hilft nur gegen Blubberpupsitis?“, überlegt sie.

„Vielleicht Salbeitee?“, schlägt Lea vor.

„Oder Luft anhalten?“, meint Luis.

Petronella blättert hektisch in ihrem Zauberbuch hin und her und schüttelt den Kopf. „Dafür ist der Zauberspruch zu stark ... Im Buch steht leider auch nichts ...“

Lucius' Magen blubbert gefährlich. „Es geht wieder los!“, schreit der Käfer, springt auf und rennt zur Tür. „Ich verzieh mich lieber, bis ihr was gefunden habt!“ Damit stürzt er aus der Tür, als auch schon der nächste Riesenpups Besitz von ihm ergreift und ihn vom Ast aus hoch in die Luft katapultiert. „Uaaah! Auch das noch!“, jammert Lucius.

„Komm zurück!“, ruft Lea ihm hinterher, aber der Hirschkäfer schüttelt vehement den Kopf und versucht, die Kontrolle über seine Flugbahn zurückzubekommen.

„Ich warte bei der großen Sonnenblume, bis diese … Entfleuchungen aufhören!“

Petronella und die Zwillinge schauen ihm ratlos hinterher.

„Armer Lucius!“ Die kleine Hexe läuft nachdenklich in ihrem Haus auf und ab. „Wenn es doch nur eine angehexte Krötennase wäre, alles halb so schlimm, aber ausgerechnet Blubberpupsitis …“

„Und im Zauberbuch steht wirklich nichts?“, hakt Luis nach.

„Gibt es kein altes Hausmittel? Also, Mama …“, beginnt Lea, doch Petronella unterbricht sie.

„Lea! Du bist genial!“ Sie läuft eifrig umher und sucht irgendetwas. „Wo ist es nur ...?“, murmelt sie und durchwühlt sämtliche Schubladen und Truhen.

„Ähm, was suchst du denn?“, fragt Luis, doch da zieht Petronella schon von weit hinten aus einem Regal ein altes gerahmtes Bild hervor und legt es auf den Tisch.

Es zeigt eine alte Frau, die eine gewisse Ähnlichkeit mit Petronella hat, nur dass ihre Haare weiß sind und ihre Nase irgendwie an eine Zitrone erinnert.

„Ha!“, ruft die Apfelhexe triumphierend. „Großtante Zitronistra! Sie weiß ALLES über alte Hausmittel. Und sie wird uns sicher weiterhelfen können.“

Petronella streicht mit der Hand über das Bild. Plötzlich beginnen sich die Augen und der Mund ihrer Großtante zu bewegen. Zitronistra gähnt. Und dann fängt sie auch noch an zu sprechen!

„Petronella, Kindchen. Wie geht es dir?“, fragt sie.

„Gut!“, sagt Petronella aufgeregt. „Nein, schlecht. Also eigentlich gut, aber dann auch wieder nicht.“

„Beruhige dich erst mal“, sagt Großtante Zitronista. „Du siehst ja ganz blass aus. Trinkst du auch genügend Zitronentee?“

Lea muss kichern.

„Ich trink einen, versprochen“, sagt Petronella. „Später. Aber jetzt muss ich erst mal Lucius helfen. Mir ist etwas sehr Dummes passiert. Ich habe ihm aus Versehen Blubberblasen in den Bauch gehext.“

„Und jetzt hat er Blubberpupsitis“, ergänzt Luis.

Großtante Zitronistra zieht die Augenbrauen hoch. „Hmm, das ist einer der wenigen Fälle, in denen Zitronentee nicht hilft …“ Sie überlegt. „Bei Blubberpupsitis ist mein Rat: Ihr braucht ein Haar von einem Schrat.“

Die Apfelhexe und die Zwillinge schauen sich skeptisch an. „Na großartig“, murmelt Petronella. „Ausgerechnet vom grummeligsten Gartenbewohner brauchen wir Hilfe. Wenn das mal gut geht …“

Wenig später stehen alle drei vor der Behausung von Schrat Dornwald, der im Garten ganz in der Nähe der Finsterhecke haust. Der große und grimmig aussehende Schrat ist vor die Tür getreten.

„Wenn ich Lucius damit an der Nase kitzele, sind die Blubberblasen weg!“, erklärt Petronella gerade. „Also brauchen wir nur ein Haar von dir. Das wäre wirklich eine große Hilfe.“

„Bitte, Dornwald“, bettelt Lea.

„Nur ein einziges“, fügt Luis flehentlich an.

Dornwald schaut mit listigem Blick von einem zum anderen. „Es ist euch also sehr, sehr wichtig“, bemerkt er mit tiefer Stimme.

Alle drei nicken eifrig.

Dornwald kratzt sich am Kopf. „Ich muss kurz nachdenken.“ Eine Pause entsteht. Doch dann wird aus dem Grinsen ein hämisches Lachen. „Und meine Antwort lautet:

NEIN! Har, har, har!", brüllt er in ihre erschrockenen Gesichter und schlägt ihnen die Tür vor der Nase zu.

Petronella und die Zwillinge können es nicht fassen. Wie gemein von Dornwald!

Doch so schnell geben die Freunde nicht auf. Sie verstecken sich hinter einer Pflanze und warten, bis Dornwald seinen Kobel verlässt.

Dann schleichen sie ihm hinterher. Der Schrat streckt sich unter einer Blume aus, um sein Mittagsschläfchen zu halten. Sofort beginnt er laut zu schnarchen. Die Gelegenheit muss Petronella nutzen! Auf Zehenspitzen schleicht sie sich an ihn heran und greift nach einem Haar, als sie – KNACKS – auf einen Ast tritt.

„Ha!" Dornwald reißt die Augen auf. „Erwischt!" Petronella weicht erschrocken zurück. Der Schrat dreht sich auf die andere Seite und schläft wieder ein. Doch einen weiteren Versuch wagt die Apfelhexe nicht. Dafür hat Lea eine Klette gefunden und zeigt sie ihr. Vielleicht können sie damit etwas anfangen?

„Die ist schön stachelig, da bleiben bestimmt ein paar Haare dran hängen“, überlegt Petronella und schwingt ihren Zauberstab. Die Klette schwebt auf Dornwalds Kopf zu … doch genau in diesem Moment atmet der Schrat mit einem besonders lauten Schnarchton ein, saugt die Klette in seinen Mund und zerkaut sie genüsslich. Petronella, Lea und Luis schauen sich seufzend an und schütteln die Köpfe. Zum Glück hat Lea schon die nächste Idee. Sie sammelt Pilze in einem kleinen Körbchen und legt damit eine Spur durch die Finsterhecke.

Solchen Leckerbissen kann Dornwald bestimmt nicht widerstehen! Vor einem besonders stacheligen Busch bleibt Lea stehen, geht drumherum und führt die Spur dahinter fort. Jetzt müssen sie nur noch warten, bis der Schrat aufwacht, Witterung aufnimmt, und dann …

Und wirklich! Es dauert gar nicht lange, da bricht Dornwald schmatzend und schnaufend durch die Finsterhecke und stopft sich einen Pilz nach dem nächsten in den Mund.

„Mjam, mjam, wer hat diese einmalig fauligen Pilze verloren? Mjam, mjam, mjam ... Sind die lecker!“

Wie erwartet geht er nicht um den Busch herum, als ihm dieser auf der Suche nach weiteren Pilzen im Weg steht, sondern er latscht direkt hindurch, wobei wie geplant ein ganzes Büschel mit Haaren an den Stacheln hängen bleibt. Petronella und die Zwillinge, die von einem Versteck aus alles beobachten, freuen sich still.

Doch plötzlich bleibt Dornwald stehen, geht zurück, entdeckt das Haarbüschel und grapscht danach. „Ich weiß nicht, wo ihr seid, aber DAS hier bekommt ihr nie! Har, har, har!“, lacht er triumphierend und stopft sich die Haare in den Mund, bevor er weiterstapft. Die Freunde lassen die Köpfe hängen und kehren zurück zu der Sonnenblume, zu der Lucius sich zurückgezogen hat. Er reibt sich immer noch den Bauch. Aus seinem Mund steigen Blubberblasen.

„Es tut mir so leid, mein armer Lucius“, sagt Petronella bedrückt. „Wir brauchen nur ein Haar von Dornwald ...“

„Aber er rückt es einfach nicht raus“, sagt Lea wütend.

„Muss ich dann für immer ...“, beginnt Lucius entsetzt, doch er traut sich gar nicht, den Gedanken zu Ende zu sprechen.

Die Apfelhexe stemmt energisch die Hände in die Hüften. „Ohne Haar geht die Blubberpupsitis nicht weg. Aber wir kriegen schon noch eins. Versprochen!“

„Und wie?“, will Lea wissen.

In dem Moment stampft es laut hinter ihnen, und Dornwald kommt angeschnauft. „Ich hab noch mal nachgedacht“, sagt er. „Ich habe ja wirklich viele Haare. Ihr könnt doch eins haben.“

„Wirklich?“, ruft Lea freudig überrascht.

Doch schon wieder bricht Dornwald in lautes Gelächter aus und hält sich den Bauch. „Har, har, har! Natürlich nicht! Bin ich nicht ein lustiger Schrat? Har, har, har, har!“

„Wirklich sehr witzig, du Flohpelz“, sagt Luis finster.

„Ich? Ein Flohpelz? Na warte …“ Drohend baut sich Dornwald vor Luis auf, als plötzlich ein lautes Pupsgeräusch ertönt.

Lucius springt auf und wedelt wild mit den Armen. „Vermaledeit noch mal!“, ruft er, und die Schamesröte steigt ihm erneut ins Gesicht.

Dornwald schnüffelt, und plötzlich wird sein bedrohlicher Gesichtsausdruck ganz verträumt. Nun fängt er sogar an, in der kleinen Stinkwolke herumzutanzen, während die anderen sich die Nasen zuhalten. „Oh, das riecht guhuuuut!“ Begeistert schnüffelt der Schrat noch einmal, dann stapft er besänftigt davon.

„Dieser ungehobelte Kerl!“, schimpft Lucius. Unmöglich, wie der sich benimmt.“

Doch Lea schaut dem Schrat nachdenklich hinterher. „Warte mal … Ich glaube, jetzt weiß ich, wie er sogar FREIWILLIG ein Haar rausrückt."

„Das macht er nie!", murrt Luis.

„Oh doch", beharrt Lea. „Und ich weiß auch schon wie. Wir mischen ihm ein Stinkeparfüm! Eins, das noch viel, viel stärker riecht als ein Pups!"

Gesagt, getan. Schon kurze Zeit später köchelt eine ekelhaft grüne Flüssigkeit im Kessel über einem kleinen Feuer vor sich hin. Petronella und Lea schauen hinein, sie haben Wäscheklammern gegen den Gestank auf die Nasen gesteckt wie auch Luis und Lucius.

„Lirum larum Apfelbrei, Stinkepilze kommt herbei!", ruft Petronella nasal und schwingt ihren Zauberstab. „Hex Höx!"

Schwarze Morcheln sausen durch die Luft heran und verschwinden mit einem gefährlich klingenden Zischen in der stinkenden Brühe.

„Iiih! Voll cool!", ruft Luis begeistert.

„Wir brauchen noch mehr abscheuliche Sachen", sagt Petronella eifrig. „Es muss so ekelig riechen, dass Dornwald es unbedingt haben will."

Nach und nach füllen sie den Kessel mit allen Stinkzutaten, die ihnen in die Finger kommen.

Luis steuert ein Stück alten Käse bei, Lucius hat Ameisenpopel gesammelt, und zu guter Letzt zieht Lea eine Stinkesocke von Luis hervor, die er drei Tage lang anhatte. Als Petronella die Socke in den Kessel wirft, schäumt das Gebräu

giftgrün auf. Das Gras um den Kessel herum ist schon ganz grau geworden, und die Blumen drehen die Köpfe weg.

„Das Stinkeparfüm ist fertig!", verkündet Petronella schließlich und schöpft etwas von der Brühe in einen kleinen Flakon.

„Hoffentlich gefällt es Dornwald", grinst Luis.

„Ganz bestimmt!" Lea ist felsenfest überzeugt. „Dafür kriegen wir AUF JEDEN FALL ein Haar von ihm."

Als die Freunde mit dem Flakon vor der Finsterhecke stehen, und Dornwald das Tauschgeschäft vorschlagen, sieht die Sache jedoch etwas anders aus.

„Guter Witz!", höhnt der Schrat mit verschränkten Armen. „Ich tausche kein Haar. Niemals!"

Er will sich schon umdrehen, da versprüht Petronella etwas von dem Stinkeparfüm. Dornwald bleibt stehen und schnuppert.

„Ah! Das riecht köstlich! Gib es mir!" Gierig streckt er seine Hand aus, doch Petronella verbirgt die Sprühflasche rasch hinter ihrem Rücken.

„Nur wenn du tauschst. Versprochen?"

„Versprochen!" Schneller als die Apfelhexe gucken kann, hat Dornwald sich das Parfüm aus ihrer Hand geschnappt und nebelt sich ein. Die anderen werden ganz grün im Gesicht.

„Das Haar!“, erinnert ihn Lea.

„Du hast es versprochen!“, sagt Luis.

Doch wieder spielt der Schrat kein faires Spiel und schaut sie verschlagen an. „Ich habe nur versprochen, dass ich tausche. Aber nicht was!“ Schon hat er Lea am Arm gepackt und lacht triumphierend: „Ich tausche Lea gegen das Parfüm! Was sagt ihr dazu?“

„Lass sie sofort los!“, ruft Petronella empört.

„Das ist unfair!“, schimpft Luis.

„Ganz genau“, frohlockt der Schrat. „So bin ich eben. HAR, HAR, HAR!“

Da beginnt Lea plötzlich an ihm zu schnuppern.

„Oh Dornwald, du riechst soooo gut!“, säuselt sie. „Mmmmhh!“ Dann umarmt sie den Schrat, und der grinst begeistert. Die anderen dagegen schauen sie überrascht an.

Da zwinkert Lea Lucius zu.

Der Käfer versteht sofort: Das ist ein Ablenkungsmanöver!

„Lass Lea los, sonst …“ Lucius drückt auf seinen Bauch. Blasen schießen aus seinem Mund, und mit

Mega-Pupsantrieb rast er auf Dornwald zu, reißt ihm das Fläschchen mit dem Parfüm aus der Hand und macht sich aus dem Staub.

Laut zeternd rennt Dornwald ihm hinterher.

„Was war das jetzt für eine Aktion?“, fragt Luis verwirrt und blickt den beiden hinterher. Lea grinst breit.

„Er hat so gut gerochen, da musste ich ihn einfach umarmen.“

Luis und Petronella sind fassungslos, und Lea lacht laut auf. „Natürlich hat er gar nicht gut gerochen. Aber nur so konnte ich ihm heimlich ein Haar auszupfen.“ Sie öffnet ihre Hand, in der tatsächlich ein Haar aus Dornwalds Pelz liegt.

„Superspitzenklasse!“, jubelt Luis, und Petronella nickt anerkennend.

Da kommt endlich auch Lucius angeflogen und landet wieder neben ihnen. „Ich hab ihn abgehängt!"

„Und wir haben das Haar", verkündet Petronella. Sie nimmt es aus Leas Hand. „Mach dich bereit." Die Apfelhexe streicht mit dem Schrat-Haar über Lucius' Nase, und ein magischer Ton erklingt. Plötzlich wird das Blubbern in Lucius' Bauch noch lauter. Der Hirschkäfer öffnet den Mund – und eine riesige Blase kommt heraus und steigt nach oben. Plötzlich, die Blase ist schon ordentlich hochgestiegen, hört der magische Ton auf zu klingen, und die Blase zerplatzt. Stille. Lucius horcht aufmerksam in sich hinein. Als er merkt, dass das Blubbern vorbei ist, beginnt er wie verrückt herumzuhüpfen.

„Es hat geklappt! Ich bin geheilt!“ Überglücklich fallen die Freunde sich in die Arme.

Da kommt Dornwald angestürmt. „Der herrliche Duft! Gebt ihn mir! Bitte!“, bettelt er.

Lucius grinst und katapultiert die Flasche weit, weit weg. Rache muss sein! Jedes Mal, wenn sie auf dem Boden aufprallt, verstäubt sie grüne Duftschwaden.

„Oh nein! Das schöne Parfüm!“, jammert der Schrat und hetzt dem Fläschchen hinterher.

Lucius schaut Lea dankbar an und nimmt ihre Hand.

„Und jetzt lösen wir unser Versprechen an Tante Zitronistra ein!“, meint Lea. Die anderen schauen sie fragend an. „Na, Zitronentee trinken!“

Lachend machen sich alle auf den Weg zurück zum Apfelhaus.

Vorlesestunden mit
Petronella Apfelmus

Band 1

Der Hexengeburtstag und andere Vorlesegeschichten

ISBN: 978-3-414-82581-0

80 Seiten

€ 12,90 [D] / € 13,30 [A] / sFr 16,90

Mit vielen bunten Bildern aus der TV-Serie

Apfelhexe Petronella erlebt nun auch im Fernsehen aufregende Abenteuer! Parallel zur Animationsserie bei KiKA gibt es Vorlesebücher, in denen die schönsten TV-Episoden noch einmal nacherzählt werden. In jedem Buch finden sich drei Geschichten und viele bunte Bilder aus der Serie. Für alle kleinen Fans ab 5 Jahren.